The Golden Bough, a Fairytale Ballet for Children

Russian Edition

(«Золотой сук, Сказка балет для детей»)

Written and Illustrated by

Wilor Bluege

Translated by
Ludmila Dorfman and Nadya Ustyeva

ISBN-13: 978-1545342800
ISBN-10: 1545342806

CreateSpace Independent Publishing Platform,
North Charleston, SC

Printed in USA

Copies of this book may be purchased at www.createspace.com/7089446

A photographic essay of the ballet may be seen at
www.Screencast.com/Users/WilorB
(Look for the icon "Golden Bough" *from the list of icons found there.)*

Wilor Bluege.
St. Paul, Minnesota.

Ничто в жизни не имеет значения столько, сколько золотая птица в сердце Золотая птица является качество вашего сердца: вашу доброту, ваш интеллект, ваше творчество, и ваше сострадание. По сравнению с качеством вашего сердца, все остальное в жизни имеет меньшее следствие. Продолжать развивать золотую птицу в вашем сердце. Тогда ваша жизнь, и жизнь тех, кто вокруг вас, разразился в сострадании, радости и творчества.

— Wilor Bluege

Для всех моих замечательных студентов.

Wilor Bluege

Давным давно на окраине д еревни посередине стояло дерево. На дереве была золотая веточка, на веточке была золотая клетка, а в этой клетке сидела золотая птичка. Местные жители не знали откуда она там оказалась и не знали почему. Просто она всегда там была, хотя ходили слухи о злом волшебнике и о колдовстве которое околдовало птичку.

Какая-бы правда не стояла за тайной о золотой ветке, маленькая Золотая Птичка сидела в той золотой клетке с тех пор, как местные жители помнят. Она никогда не пела, хотя она молча открывала свой ротик как будто-бы хотела петь, и ее золотые перья безутешно опускались. Это было настолько грустное зрелище, что никто не хотел подходить к ней (они так-же боялись злого колдовства), и маленькая птичка была очень грустная и одинокая. По какой-то причине, все просто как-то верили, что если кто нибудь когда-то выпустил-бы Золотую Птичку из клетки, огромная дыра открылась бы в земле и этот человек сразу был бы зотянут землей, и не только этот человек, но целая деревня вместе с жителями! Таким образом, не было-бы доказательств, что эта деревня вообще существовала! Люди просто жили своей жизнью и были относительно довольны. Они танцевали в своей деревне на площади и пытались забыть о маленькой Золотой Птичке в ее золотой клетке.

Так длилось всегда пока однажды, по окончанию танцев, Маленькая Девочка не забрела в лес. Она всегда грустила из-за маленькой птички. Возможно, так-как девочка сама чувствовала себя одинокой, она понимала состояние маленькой птички лучше, чем кто-либо другой. Когда она подошла ближе, там стояло дерево с золотой веточкой и с золотой клеткой, с ее маленьким жителем с золотыми

перышками. На нее настолько повлияло зрелище маленькой птички, что она не могла остановить свое следующее действие. Не думая, она открыла клетку!

Маленькая птичка вылетела быстрее, чем человек может моргнуть и улетела поверх деревьев в лес. Маленькая Девочка звала маленькую птичку, АУУ, пожалуйста, вернись! Пожалуйста, пожалуйста не бойся!

Это было именно в этот момент, когда она вспомнила о проклятье. Она закрыла глаза, стиснула зубы и ждала пока земля откроется и засосет ее прямо на месте. Но нечего не произошло. Она сначала открыла один клаз, а затем второй. Все равно нечего не произошло. Что это может значить? Могли бы все рассказы быть ложью?

Единственное что *произошло* это, что вдруг все птицы леса стали щебетать и петь как будто уже пришла весна, хотя до весны оставалось еще три месяца! Высоко среди веток летела маленькая Золотая Птичка. Когда она улетала, она посмотрела назад через свое плечо на Маленькую Девочку и сказала; "Так как ты освободила меня из Золотой Клетки, я навсегда буду твоим другом, и если я тебе когда-либо понадоблюсь, я прилечу к тебе."

Прошло время . . .

Маленькая Девочка никому не сказала о том, что она сделала и о том, что маленькая птичка вылетела из клетки потому, что это-бы напугало местных жителей. Она знала, что никто никогда не ходил в лес просто так, что никто никогда не узнает ее секрет. Она продолжала ходить в лес, с надеждой увидеть ее друга, но золотая клетка была пустая и с открытой дверкой.

Однажды по дороге в лес, начался снег. Сначала одна снежинка, потом еще одна, и еще начали падать. Вскоре, снег закружился, вокруг формируя сугробы. Перепрыгивая через сугробы, она побежала на окраину леса боясь, что возможно маленькую птичку замело метелью.

Ее сердце впало в отчаяние, когда она увидела, что на дне клетки была маленькая Золотая Птичка. Она пыталась подняться наверх дерева где

5

более безопасно, но мороз и снег чуть не заморозили ее. Но Маленькая Девочка не сдавалась. Аккуратно она приподняла безжизненное тело Маленькой Птички. Она держала ее в своих руках и нежно дышала на маленькую птичку, чтобы согреть. Она держала ее возле своего сердца и начала петь ей танцуя. Потом, что-то необычное произошло: снег начал таить. Когда она гладила птичку, она почувствовала как начало биться сердечко птички рядом с ее сердцем. Затем, Маленькая Птичка встрепенулась и вздернула

крылышками. "Ты жива! Ты жива," закричала Маленькая Девочка.

Спасибо! Сказала Маленькая Птичка. Они были настолько счастливы, что они танцевали вдвоем в лесу. И везде где они танцевали, цветы начинали расти из земли. И они не очень молчали об этом. Каждый цветок что-то говорил другим. "Мой дорогой, ты такой привлекательный сегодня!" сказал щавель кивающему триллиуму. Синие горечавки все разговаривали одновременно, Джек - в-

Кафедре был очень разговорчивым, и как всегда болтал насчет кондиции леса. Даже маленькая Пипсисева, которая обычно очень стеснительная, с трудом сдерживалась от удовольствия. "Весна пришла! Весна пришла!" она запищала, и начала танцевать на лугу.

Желтые цветочки были увлечены своим ежегодным рассуждением насчет их названия. Одна настаивала, чтобы она называлась кауслып, а другая протестовала, "как-же ты можешь быть кауслып если твоя мама была болотная калужница?" Другой сказал, Я не настолько придирчив насчет этих вещей (хотя это не правда потому, что все знали, что он *очень придирчив* насчет

таких вещей), но я считаю что точное название должно быть *Калта Палустрис.* И если я не ошибаюсь, твой отец был из очень уважаемой семьи, Лютики из Нижнего Тумана. Это рассуждение длилось довольно долго.

Затем три духа, Дриаду, вступили в акт. Ивы были особенно красивы в их светло-золотистых одеяниях. Дубы и клены приобразились в их желто-красные цветочки. Величественное, темно-зеленое Хвойное дерево переехала с достойной благодати. Хотя еще и были маленькие комочки снега на ее плечах все, что чувствовали ее кончики пальцев это последнюю модель в мягком, светло-зеленом лаке для ногтей. Все вместе, это была самая нарядная – уже не говоря о шумной – выставкой.

Хвойное дерево танцевало с водосборами, и Желтые Цветочки наконец перестали спорить когда Горечавки пригласили их танцевать. Вскоре все цветы и дриады танцевали, и Маленькая Девочка с Золотой Птичкой были прямо посреди всех.

Шум привлек местных детей, которые начали выглядывать между деревьями, чтобы посмотреть причину праздника. Вскоре все танцевали Майский танец и замечательно провели время. Золотая Птичка и Маленькая Девочка все еще танцевали когда все разошлись по домам. Они даже танцевали даже пока цветочки начали кланить головки от усталости. Тем не менее, наконец Маленькая Птичка сказала, тебе пора возвращатся домой. Твои родители будут волноваться. Не грусти. Раз ты меня освободила и спасла от метели, я прийду к

тебе в любой момент когда понадоблюсь.
Затем встряхнув хвостиком, подняв
головку, и подмигнув глазиком, Маленькая
Птичка улетела.

Прошло время . . .

9

Маленькая Девочка не видела маленькую Золотую Птичку долгое время. Ей хотелось знать как поживает ее маленький друг, но она училась в школе и у нее было много уроков так, что она несколько месяцев не имела возможности пойти в лес. Однажды когда она шла домой со школы, возле окрайны леса она услышала как кто-то тихо плакал в лесу. Она побежала в лес как раз в то время когда маленькая Золотая Птичка пыталась освободится от веревок, которые какое-то ужасное, злое существо набросило на нее.

Сейчас Маленькая Девочка была проницательной так как она знала, что нельзя такие вещи решать физической силой. Было только одно эффективное средство: она вырвала несколько листов бумаги со школьной

тетрадки, и в ярости начала писать на многих страницах. На каждой бумажке она написала по одному имени каждого злодея. Она знала, что имена волшебны, и если знать их названия, возможно раскрыть

кодловство. Маленькая девочка бегала от одного монстра к другому, прикрепляя имя к каждому. Одного звали *Феар*, следующего *Неуверенный-в-Себе*, другого *Ненависть*. Она носилась между монстрами, каждый раз прикрепляя имя к одному из демонов. Это превратилось в горстку пепла, который вскоре унес ветер своей метлой.

Тем не менее, не успела Маленькая Девочка покончить с этой задачей, как еще один монстр, более хитрый, чем все остальные, выскочил из леса. Этот был очень хитрый монстр и настолько часто менял свою форму, что Маленькая Девочка была растерена, чтобы догадаться о его имени. У нее уже был опыт со всеми другими демонами так, что она знала их имена, но этот был более сильным, чем все остальные вместе взятые. Маленькая Девочка поразмышляла насчет его имени, но у нее уже не оставалось идей для имени этого монстра! Что-же ей делать?

Ужасное чудовище было почти-что на выдохшейся Маленькой Птичке, которая к этому времени уже потеряла сознание. Если бы Маленькая Девочка вовремя бы не

сообразила, Маленькая Птичка бы задохнулась. Внезапно, Маленькая Девочка вспомнила, что у нее в ранце было маленькое зеркало. Она схватила зеркало и пробежала между чудовищем и Маленькой Девочкой. Она держало зеркало перед собой, чтобы злодей вилел свое отражение.

Когда злодей увидел свое отражение, он вздрогнул в ужасе, как-будто его морально ранили и он начал уменьшаться в размере и уползать. Маленькая Девочка встала, пока монстр не растворился, и наконец не уполз обратно в лес. Наконец она сделала надпись, *Нет Имени*, и присоеденила ее к деревянной палке так, чтобы чудовище-без-имени знало, чтобы никогда больше не прибегал к таким крайностям.

Маленькая Девочка побежала к своей подружке, быстро вытащила ее нож и обрезала веревку, которая связывала маленькую девочку. Она приподняла

Маленькую Птичку и помогла ей подвигать крылышками, которые были очень повреждены веревкой. К счастью, у нее не было переломов и Маленькая Птичка выразила свою бесконечную благодарность Маленькой Девочке и пообещала к ней прилететь если ей когда-либо понадобится помощь. И Маленькая Птичка опять улетела.

Прошло время . .

Маленькая Девочка была по пути к ее новой школе в первый день. Она чувствовала себя одинокой и немного боялась, так как она не знала ни учителей, ни учеников. Вдруг, неожиданно прилетела маленькая Золотая Птичка. Она села на ее плече и сказала, "Раз ты меня освободила из моей клетки, и спасла меня от метели и монстров, я буду тебя сопровождать и пойду с тобой в новую школу.

"Но они не пускают птичек в уколу," Маленькая Девочка сказала растроенно.

"Я притворюсь невидимой," прощебетала маленькая птичка. "Никто меня не увидит и не услышит." И так Маленькая Девочка пошла в школу, а Маленькая Птичка иногда сидела у нее на плече, а иногда подлетала к доске, где с большим интересом рассматривала, что учитель писал. Движения маленькой

птички вокруг учителя и всех детей заставили Маленькую Девочку улыбнуться и она почувствовала себя намного лучше. После школы, Маленькая Девочка отправилась домой. Маленькая Девочка сказала, "сейчас мне пора идти, но я вернусь как только я тебе понадоблюсь." Маленькая Птичка полетела в сторону леса.

На следующий день, группа хулиганов остановили Маленькую Девочку по дороге в школу. Они ее нагнали и грубо обращались с ней. Маленькая Девочка уже

не могла идти в школу, и она побежала на опушку леса, села на камень, плача, как будто ее сердце выскочит из груди. Вдруг, показалась Маленькая Птичка. "Так как ты меня освободила из моей клетки, и спосла меня от метели и монстров, я подарю тебе в подарок, счастливое сердце, которое никто не сможет у тебя зобрать." Затем Маленькая Птичка начала смешно танцевать и Маленькая Девочка засмеялась. Маленькая Птичка пролетела вниз и потерлась об ноги Маленькой Девочки одним из своих золотых крыльев и сказала, "сейчас, сними свою обувь." Как по волшебству, ноги Маленькой Девочки были одеты в самые замечательные, волшебные туфли, которые она когда-либо видела.

Маленькая Птичка научила Маленькую Девочку танцевать в тех замечательных туфлях и когда они были одни, Маленькой Девочке показалось, что она могла-бы опять сразится с монстрами. С ее волшебными туфлями на ногах, она пошла обратно в школу.

Когда показались хулиганы, Маленькая Девочка вздернула головой, встала в ее новых пуантах, и оставила остолбеневших хулиганов с их открытыми челюстями, пока она танцевала до школы.

Через непродолжительное время произошло еще одно произшествие в школе. Она увидела как одна девочка списывала контрольную работу в школе. Она знала, что нельзя списывать, но также не хотела выдавать девочку. В конце концов, она была новенькой в школе и

хотела с кем-то подружится, а не сделать так, чтобы ее ненавидели. Маленькая Девочка пошла в лес, чтобы подумать о том, что ей надо делать. Маленькая птичка прилетела и тихонько села ей на плечо, анализируя ситуацию, как будто бы она что то понимала.

Наконец, она прошептала на ухо Маленькой Девочке, "так как ты выпустила меня из моей клетки, и спасла меня от метели и жутких монстров, я подарю тебе мудрый подарок."

Вдруг, Маленькой Девочке стала ясно как разобраться с данной ситуацией. Она

так, они вдвоем занимались вместе под деревом с золотой веточкой каждый день, пока Маленькая Птичка летала над ними среди деревьев.

Вначале было тяжело заниматься. Маленькие буквы похоже не знали, если они приходили, или уходили. "d" всегда

подошла к другой девочке и сказала, "ты бы могла мне помочь с домашним заданием? Я думаю, что это мне бы очень помогло, и тебе может быть тоже, если мы вместе занимались бы. Будет здорово!" И

путалась с "b," "g" постоянно кидала свой хвостик в другую сторону, и становилась "q." В общем, буквы как-то не могли организоваться в нужном порядке, особенно когда "i" и "e" собирались вместе. "i" полностью потеряла свою голову и побежела за ней пока та укатывалась!

С их стороны, цифры просто не становились на место и продолжали спорить о том, кто важнее всех. "1" думала, что она важнее "9," на что "9" очень обиделась. Все это было настолько бурно, что все буквы и цифры наконец приземлились в большой куче.

Две маленькие девочки покачали головами смотря на этот беспорядок состоявший из цыфр и различных элементов. Твердая рука явно была нужна. "Сейчас видишь," они сказали, когда тянули запутаный узел. "Вы должны себя лучше везти! У нас больше не будет ни ссор, ни драк. С этих пор, Вы будете себя везти культурно и дисциплинированно!» С этих пор, все стало намного лучше, и буквы и цыфры стали ладить между собой.

Затем, в один день, Маленькой Девочке подружка сказала: "Мне надо тебе в чем-то признаться. Я раньше боялась, что я не настолько умна, чтобы получать хорошие оценки, так я иногда списывала на контрольной работе. Но сейчас я знаю, что я не глупая и что я могу учится также, как и все. Я думаю, что мы обе очень хорошо напишем следующаю контрольную работу." Так и случилось. Обе девочки получили пятерки – без списывания. И самое лучшее то, что другая маленькая девочка стала Маленькой Девочке новой лучшей подругой.

Прошло время...

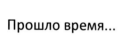

Наступили школьные каникулы, и Маленькая Девочка чувствовала себя одинокой так как ее лучшая подруга уехала в отпуск с родителями, и ей не с кем было играть. Она пошла в доль леса и расположилась на теплой траве на лугу. Появилась Маленькая Птичка и сразу же проанализировала ситуацию. Когда она опять улетела, весела щебеча, "раз ты меня освободила из моей клетки, и спасла от метели и монстров, я подарю тебе в подарок друзей." Не прошло много времени, как Маленькая Птичка прилетела обратно, ведя за собой хоровод маленьких девочек.

Все начали танцевать и вскоре, вся деревня собралась вместе, танцуя и проводя замечательное время. Когда наступил вечер, дриады вышли с их маленькими сказачными фонариками, и Маленькая Девочка посмотрела вокруг и

увидела множество замечательных друзей с кем она познакомилась в этот день. Зная, что ее ждут еще множество замечательных дней (в конце концов сейчас лето), она перестала грустить и помахала спокойной ночи ее друзьям.

Когда луна поднималась над деревьями и наградила высокую траву серебристым цветом, Маленькая Девочка заметила дерево с золотой веточкой. Оно стояло на этом месте уже много лет, но что-то изменилось. Сейчас *целое дерево*, не только одна веточка, было позолочено, и было что-то написано на ветке где все еще висела пустая клетка. Маленькая Девочка приблизилась к дереву и провела пальцами по буквам . . . . .

Ж А Л О С Т Ь . . . а пока маленькая Золотая Птичка весела танцевала под лунным светом.

2002 Плакат для балета .

(дизайн плаката: Lori Gleason Designs)

Erin Tracy в роли Золотого птице

Сцены из балета

1997: Eryn Bridges как маленькая девочка ; Kathryn Deeg как Золотая птица .

Nролог: Селяне праздновать урожай осенью.

Сцена 1. Молодая девушка освобождает золотую птицу запертых в золотой клетке.

Сцена 2. Ветер и снег удручать золотой птицей.

Сцена 2: Весна прибывает. Цветущие деревья и
весенние цветы пробуждают.

Scene 2:

Полевые цветы и дети цветов

Золотая птичка и дриады.

Сцена 2:

Молодые и старые присоединиться к духам деревьев и цветов в славном мазурки.

Сцена 3: Монстры атаки, и большой, черный, изменяющих форму, безымянная террор переполняет золотую птицу.

Сцена 4: Колесо времени останавливается и делает паузу ... Другие школьницы и учителя прибывают. Молодая девушка замечает, что одна из других школьных девочек обманывают на тесте.

33

Scene 4: Молодая девушка дразнят и издеваются на детской площадке. Золотая птица дает молодой девушки пару волшебных обуви. С ее новообретенной храбростью и ловкостью, молодая девушка встает к хулиганам и гонит их прочь. Буквы и цифры находятся в смятении. Когда обман студент решает помочь ей, две девушки в состоянии навести порядок букв и цифр.

Сцена 4: Клоуны, которые толкают колесо времени, попасть в бой за странным бъектом ...

35

Epilogue: Золотое дерево спускается с ночного неба на поляну. Духи деревьев и цветов войти в лесную поляну. Молодая девушка замечает, что слово «сострадание» были вырезаны в золотой сук, на котором висит пустой золотая клетка ...

Молодая девушка замечает, что слово «сострадание» были вырезаны в золотой сук, на котором висит пустой золотая клетка. (Kathleen Hamel в роли Золотого птице; Lebohang Moore в роли маленькой девочки)

About the author . . .

Wilor Bluege is a ballet teacher and choreographer in Minnesota. She trained primarily with Lorand and Anna Andahazy (de Basil Ballets Russe de Monte Carlo), Lirena Branitski (Kiev State Opera Ballet and Bolshoi Ballet), and Sylvia Bolton (Minnesota Dance Theater). She studied with notable guest teachers from the Maryinsky Ballet, including Gabriela Komleva, Marina Stavitskaya, Luba Gulyaeava, and Kaleria Fedecheva. Her performing career (corps, soloist, and principle roles) in the Andahazy Ballet, St. Paul (Savino) Ballet, and Branitski ballet companies prepared her to become a teacher who, as Gabriela Komeleva commented, has the unusual ability to combine both technical and artistic aspects in the training of students. Wilor is one of only a few teachers in the state of Minnesota teaching character dance and has extensive experience choreographing in the genre.

In 1997, Wilor created the full-length 1½-hour ballet based on her original book, *"The Golden Bough, a Fairytale Ballet for Children"* (pub. 1996, 2000). She designed and constructed the sets, props, costumes and choreography for 100 dancers. Translations of this fairy tale were accomplished by 3 former students who danced in the performances of *"The Golden Bough, a Fairytale Ballet for Children"* from 1997-2003. The Spanish edition, translated by Lebohang Moore, assisted by Mariana Parada, and Mabel Tamasy was published in 2014. The French edition, translated by Nora Moore, assisted by Louise Trottier, and Sandrine Micheyl, in 2015; and the Russian edition, translated by Ludmila Dorfman and Nadya Ustyeva, in 2017.

Wilor has authored several children's books, pedagogy, family memoirs, essays, lectures and commentary. (See pages 40-41 for a description of her latest works and the specific URL for each book's online source for purchasing.)

The Russian edition of *"The Golden Bough, a Fairytale Ballet for Children"* can be purchased at

www.CreateSpace.com/7089446

The Golden Bough, a Fairytale Ballet for Children by Wilor Bluege

Like all fairy tales, this one takes place in the "Once upon a time. . ." A little girl, moved by curiosity and pity, frees a magical golden bird from its imprisonment in a golden cage. Twice more, in the midst of a swirling snowstorm and when monsters attack, the girl comes to the rescue of the bird. After each rescue, the bird promises to repay the debt someday. That day comes when the girl is faced with the challenges of a new school. She is tormented by bullies, confronts a cheating student, and is confused by her lessons. With the help of the golden bird, who gives her a pair of magic shoes, the little girl finds her way through the difficulties and discovers that a miracle has occurred. In the end, she realizes that it is compassion that matters most. Suitable for ages 5-11. A photographic essay of the staged ballet is free for viewing online at **Screencast.com/Users/WilorB**.

Original, hardcover English version w/o CD and DVD is $15.00 + S/H; with CD and DVD: $20.00 for the set + S/H. (Set available only from the author.)

(Questions? Contact Wilor at 651-690-2409, or in writing at turnerbluege@yahoo.com)

La Rama Dorada, Un Ballet Folklorico para Ninos by Wilor Bluege

The original tale of *"The Golden Bough, a Fairytale Ballet for Children"* is now available in this new (2015), Spanish edition. Translated by Lebohang Moore, Mariana Parada, and Mabel Tamasy, the Spanish edition has been updated with additional artwork and photographs from the balletic productions (1997-2003). Suitable for ages 5-11; Spanish immersion classes and International Schools. A photographic essay of the staged ballet is free for viewing online at **Screencast.com/Users/WilorB**.

Find the book at www.createspace.com/5537632

Le Rameau d'Or, Un Conte de Fees et Ballet pour les Enfants by Wilor Bluege

The original tale of *"The Golden Bough, a Fairytale Ballet for Children"* is now available in this new (2015), French edition. Translated by Nora Moore, Louise Trottier, and Sandrine Micheyl, the French edition has been updated with additional artwork and photographs from the balletic productions (1997-2003). Suitable for ages 5-11; French immersion classes and International Schools. A photographic essay of the staged ballet is free for viewing online at **Screencast.com/Users/WilorB**.

Find the book at www.createspace.com/5536264

The Balletic Centipede by Wilor Bluege

A simple song about doing the best you can and achieving success against all odds. Suitable for all ages. Inside the book you'll find a link to the free, recorded audiovisual posted online. Listening is free at **Screencast.com/Users/WilorB**.

Find the book at www.createspace.com/3690992

There's a Rabbit on the Roof! (2nd Edition), An E-i-E-i-Olio of Limerick, Poetry and Song by Wilor Bluege

Backlit by the early morning sun, the figure of a creature with large ears on the roof of our next door neighbor's garage caused some consternation and led directly to the creation of the title song for this E-i-e-i--Olio of limerick, poetry and song. The new (2017) edition, just out, has received an upgrade from the original, with new color and formatting and ten new entries. Suitable for all ages. Individual songs in this book have been posted online, free for the listening at **Screencast.com/Users/WilorB**.

Find this NEW 2nd Edition at www.createspace.com/6898854

Frog On a Log in a Bog by Wilor Bluege

A tongue-twister song about frogs. Set to music by Rossini (the Overture to William Tell) for a rollicking good romp through the swamp.   Suitable for all ages. A great 'sing-along'. The song with animated cartoon of jumping frogs has been posted online, free for the viewing at **Screencast.com/Users/WilorB**.

Find the book at www.createspace.com/6777312

The Gospel According to Cat: Paw Print Parables by Wilor Bluege

"It is impossible to feel sorry for yourself, be fidgety, angry, or blue when you have a cat on your lap, or have one purring in your ear." This book is a tribute to the felicitous creature who is the perfect soul-mate for the anxious individual. It is not without reason that the words 'feline' and 'felicity' come from the same root, *'felix'*, meaning 'fortuitous' or 'happiness/beatitude'. Here, with apologies to Matthew, Mark, and Luke, are the three synoptic gospels according to three most felicitous cats. The book is a non-sectarian, non-denominational peek into the underpinnings of those deeper experiences which are common to all people, regardless of religous creed or lack thereof. (The song, *"Faith"*, from the book can be heard at **Screencast.com/ Users/WilorB**.) Category: Psychology of Religion.   Suitable for ages 18 and older.

Find the book at www.createspace.com/6172012